고개 돌려 거울을 봐

사람들은 여관에
가면 십중팔구
서로에게 깊이
관여하고 싶어한다
-김수안 짧은 시,
<고개돌려 거울을봐>-

제발 좀 해라

담배 연기 하세요
1분 2분 3분
연기하면 연기가
사라집니다
- 김수안 짧은 시,
  <제발 좀 해라>-

十想詩

네 말 다르고 내 말도
달라 그의 말도 그녀의
말도 다 달라 말다툼
그만하자 이젠 돈도
다 떨어졌어

－김수안 짧은 시,
〈토요경마 7경주〉－

017

하~이마트로 가요

엄마 심부름으로
마트에 갔다 와서
많이 혼났다 두부가
없다고 해서 그냥
왔을 뿐인데 억울했다
-김수안 짧은 시
〈하~이마트로 가요〉-

30

十想詩
˙ ˙ ˙

안티에이징

숨을 많이 쉬면
늙는다 숨을 오래
쉴 수록 노화가 진행된다
보라 숨 조금 쉰 아이들을

- 김수안 짧은 시,
  < 안티에이징 >-

그놈은 짰다, 퉤

물어보고 싶어요
오빠 나 좋아요?
진짜 물어봐도
되는거죠?

~김수안 짧은 시,
〈그놈은 짰다 퉤〉~

十想詩

특히 철학자 니체

엎구리가 취전해도
이놈저놈 껴지말자
무턱대고 찍었다간
눈버리고 후회한다

-김수안 짧은 시,
〈특히 철학자 니체〉-

출판기념회의 다른 말

너 두고봐!

그래 이렇게 나오면

두고 볼거야!

-김수안 짧은 시,

〈 출판기념회의 다른말〉-

十想詩

두고 볼 거야

그 사람이 화났는지
기분 좋은지 상관없이
책을 낸 사람들은
정말 좋아하더라
-김수안 짧은 시,
〈두고 볼거야〉-

내 눈에서 안 BIKINI

예뻐서 입어 놓고
예뻐서 봤더니만
봤다고 뭐라하면
나보고 어쩌라고

-김수안 짧은시,
〈내 눈에서 안 bikini〉-

十想詩
* * *

서로 입장차가 있어서 그래

보통 결혼식장에서
왜 신랑이 먼저 가 있고
신부는 아버지 손을
잡고 들어가는 걸까

- 김수안 짧은 시,
〈서로 입장차가 있어서 그래〉-

NIKE SALE

너꺼 살래
가끔 있는 일

-김수안 짧은 시,
< NIKE SALE>-

十想詩
· · ·

나는 형사다

시커먼 후배놈들이
나만 보면 사달란다
실갑게 달려드니 안
살 수도 없고 박봉이
서럽구나

-김수안 짧은 시,
 <나는 형사다>-

아기돼지 삼형제

살 빼지마
지금 있는 그대로의
네 모습이 난 제일
좋아

-김수안 짧은 시,
 〈아기돼지 삼형제〉-

十想詩

아메리카노에 대한 에스프레소의 규탄

전형적인 물타기 수법으로
막대한 이득을 취하고
본질을 흐리는 너희들은
각성하라!
- 김수안 짧은 시,
〈아메리카노에 대한 에스프레소의 규탄〉

살인하지 말라

어제 새벽 네가 날
찜 하겠다는 이야기를
전해듣고 난 사색이
됐어 부탁할게
십계명을 읽어봐
-김수안 짧은 시,
< 살인하지 말라> -

十想詩

살 빼라, 큰일 난다

당신은 나의 동반자
영원한 나의 동반차

-김수만 짧은 시,
<'살' 빼라 , 큰일난다>-

잠을 자야 꿈을 꾼다

난 학교에서 교실에서
꿈꾸고 싶은데
선생님은 내 꿈이
싫으신가 보다

-김수안 짧은 시,
〈 잠을 자야 꿈을 꾼다〉-

십상시

내 시는 내 시다
네 시에 쓰기도 하고
네 시를 쓰기도 한다
하지만 내 시는 내 시가
아니다 아몰랑
－김주안 짧은 시,
〈십상시(十想 詩)〉－

생활의 발견

연분홍 치마가
봄바람에 휘날리더라
잘 보니 구멍났더라
- 김수안 짧은 시,
〈생활의 발견〉-

十想詩

바꿔 보면 답 나온다

사장은 장사 잘하면 되고요
요가 무리하면 허라가 가요
장난 심하게 치면 난장
됩니다

- 김수안 짧은 시,
  <바꿔보면 답나온다> -

자, 살자

그대 지금 힘든가요
아님 그대 옆 또 다른
그대가 힘든가요
세상 끝 여행을 누군가
떠날 것 같다면 쉼표
하나 찍어주세요
-김수안 짧은시, <자, 살자> -

十想詩

한약 빨며 쓰는 시

쓰다 쓰다 정말 쓰다
쓰고 쓰고 또 쓰다
쓰면 몸에 좋다는데
쓰다 먹는지 먹다
쓰는지 몽롱하다

-김수안 짧은 시,
〈한약 빨며 쓰는 시〉-

그만 먹고 떨지 말자

과식이나 가식이나
건강에는 해롭다

-김수안 짧은 시,
〈그만 먹고 떨지말자〉-

十想詩

The war

에어컨 틀자
선풍기라도 틀자
부채라도 구면서
얘기해
여름아 살살하자

\- 김수안 짧은 시, 〈The war〉-

술 약속

오빠
오늘 우리집 Beer에서
한 잔 해요
-김수안 짧은 시,
〈술 약속〉-

十想詩
* * *

잘못 빼면 짐 된다

점, 함부로
빼지마라
남 한테서만 빼라

-김수안 짧은 시,
〈잘못빼면 짐 된다〉-

아빠 미안해, 볼살 빼서

볼살아빠져라
제발
- 김수안 짧은 시,
〈아빠 미안해 볼살 빼서〉-

十想詩
· · ·

항상 현금 주는 손님

매일 하이트 맥주 한캔을
사 가는 그녀가 가게 앞에서
넘어졌다 외상은 없었다
다행이다

- 김수안 짧은 시,
  〈항상 현금 주는 손님〉-

Go back 금지

고백은 꼭 우리말로
하세요
영어로 하면 그 사람이
떠납니다

-김수안 짧은 시,
〈Go back 금지〉-

十想詩
* * *

내숭

너 지금
떨고있지?

-겁수만 짧은 시, 〈내숭〉-

뭐 살까?

캠핑장 갔더니
나 보고 판사래
게임 접속했더니
나 보고 검사래

-김수안 짧은 시,
〈뭐 살까?〉-

十想詩

Take out 1호점

성큼성큼 다가온 그가
내 눈을 보며 말했다
에스프레소를 내리다
심쿵했다 용기가 없었다
내 스타일인데 망했다

−김수안 짧은 시,
　〈Take out 1호점〉−

셰프 추천메뉴

배 고플 땐
순대 볶음도 볶음이다

-감수안 짧은 시,
〈셰프 추천메뉴〉-

十想詩

좋은 시, 나쁜 시

시집 가고 싶은 여자
시집 내고 싶은 남자
시댁 가기 싫은 여자
시가 뭐길래
-김수안 짧은 시,
〈좋은 시, 나쁜 시〉-

복날은 간다

서당개 삼년이면
잡아먹히기
딱 좋다
-감수안 짧은 시,
〈복날은 간다〉-

十想詩
. . .

자기부상열차

날 보러 오던 그가

기차 안에서 다쳤다

많이 아프자

-김수안 짧은 시,

<자기부상 열차>-

내일부터 휴가인데 진짜 참고한다

오늘 아침 팀장님이
300페이지 자료를
던져주며 요약하란다
덤으로 50 페이지
메뉴얼을 주며 참고하란다
- 김수안 짧은 시,
〈내일부터 휴가인데 진짜 참고한다〉

시험 끝나는 날이면
미치도록 가지고 싶다
바로 너를

-김수안 짧은 시,
 〈성적자기결정권〉-

병아리 엄마

너희만 알권리 있냐
진짜 알권리는
우리에게 있다

-김수안 짧은 시,
〈병아리 엄마〉-

十想詩
. . .

소설가

진실하게 살아서
죄송합니다 좀 더
개연성 있게 본업에
충실하겠습니다
-김수안 짧은 시,
〈소 설 가〉-

욕

할 지게 했더니
맛 있다고 난리네
그래도 너는 먹지마

-김수안 짧은 시, 〈욕〉-

十想詩
* * *

어떤 대화

가가 가가?
마!
가가 가가가?
쫌!
-김수안 짧은 시, <어떤대화> -

그래, 나야

살포시 살포하니
코 막고 째려보네
미안하다

-김수안 짧은 시,
〈그래, 나야〉-

十想詩

배부른 소리

아저씨들은 그만하세요
예비엄마만 맘껏하세요

-김수안 짧은 시,
〈 배부른 소리〉-

넌 마녀야

점, 잘 빼면
확 달라진다

-김수안 짧은 시,
〈넌 '마'녀야〉-

十想詩

먹고 없애면

먹고 싸고,
먹고 사고,
먹고 산다.
싸야 사고 또 산다.
-김수안 짧은 시,
 <먹고 없애면>-

음주단속 걸린 꽃 든 썸남썸녀

나 좀 봐주세요
나도 좀 봐주세요
나만 좀 봐주세요

- 김수안 짧은 시,
〈음주단속 걸린 꽃 든 썸남썸녀〉 -

털은 죄가 없다

울다가
웃으면
좋아진거다

- 김수안 짧은 시,
  〈 털은 죄가 없다〉-

이모가 밉던 날

아빠가 좋아?
엄마가 좋아?

-김수안 짧은 시,
〈이모가 밉던 날〉-

2교시

인생연애탐구영역 詩

친구야 미안해

무소식의 끝은
결혼식이나
장례식이다

- 김수안 짧은 시,
  <친구야 미안해>-

十想詩
* * *

너만 그런 거 아니야, 힘내

절망은
절대로
망하지 않는다의
줄임말이다

-김수안 짧은시
〈 너만 그런거 아니야 힘내〉-

네 마음 상륙작전

네 마음은 포위됐다

항복하라 항복하라

항복하면 행복이다

-김수안 짧은 시,
〈네 마음 상륙작전〉-

十想詩
* * *

배고프면 같이 먹자고 그냥 말해

밥은
먹었니?

-김수안 짧은 시,
〈배고프면 같이 먹자고 그냥 말해〉-

연애전과 3범

이별은 네 별
이라는 말에 속지마

이별은 네 별이 될지도
모르니까
-김수안 짧은 시,
< 연애 전과 3범 >-

十想詩
* * *

말은 쉬운데 어렵더라

오지 않는 잠
기다리지 말고
내가 가자 꿈나라로

- 김수안 짧은 시,
  〈말은 쉬운데 어렵더라〉-

나 혼자 산다

다녀오겠습니다
다녀왔습니다
담담한 혼잣말

-김수안 짧은 시,
〈나혼자 산다〉-

十想詩

감성성형이 먼저야

연애가 잘 안되면
쌍수나 돌려깎기
보다는 쉬운 시부터
읽어봐
-감수안 짧은 시,
〈감성 성형이 먼저야〉-

너 딴 여자 생긴 거잖아

사랑하기에
떠나신다는 그런
개소리 하지 말아요

-김수안 짧은 시,
〈너 딴 여자 생긴거잖아〉-

十想詩

유기농 짝사랑

오늘 내 마음 속 텃밭에
당신을 심었습니다
매일 물을 주고 주변에
잡초도 뽑아낼게요
농약은 뿌리지 않을게요
나를 위해 피어줄래요?
-김수안 짧은 시,
　〈유기농 짝사랑〉

쿠쿠하세요, 쿠쿠

난 정말 무서워
넌 왜 혼자서
네 마음 펄펄 끓여
나한테 칙칙거리니
화상입을까봐 못가깞아

－김수안 짧은 시,
〈쿠쿠하세요 쿠쿠〉－

十 想 詩

개한테도 주지 말자, 상처

마시지도 못하는걸

뭐가 좋다고

주거니 받거니 하는거니

개나 줘버려

－김수안 짧은 시
〈개한테도 주지말자, 상처〉－

전국꽃배달

정말 배달 되는거죠?

할아버지는 천국에
계시는데 마음이
마음대로 읽고 주문까지
해버렸다 꼭 배달해줘요

－김우안 짧은 시,
　〈전국꽃배달〉－

十想詩
· · ·

오늘도 무사히

늙어가는 것에 감사하자
누군가는 늙을 기회조차
잃고 먼저 떠나야 한다

- 김수안 짧은 시,
  〈오늘도 무사히〉-

저번 달에 소개팅한 연하남

남 주긴 아까운데
난 정말 모르겠어

- 김수안 짧은 시,
〈저번달에 소개팅한 연하남〉-

十想詩

네가 지난주 강추한 맛집

그냥,

그래,

-감유안 짧은 시,
⟨네가 지난주 강추한 맛집⟩-

솔로공식

$$일 + 일 = 초과근무$$
$$술 + 술 = 만취$$
$$일 \times 일 = 과로사$$
$$술 \times 술 = 개$$

-김수안 짧은 시,
〈솔로공식〉-

十想詩
. . .

거짓말, 거짓말이야

이별이 두려운 게
아니라 넌 어떻게
미워해야 하고
지워야 할 지 몰라
당황하고 있을 뿐이다
- 김수안 짧은 시,
  〈거짓말 거짓말이야〉 -

파리가 거미줄에 붙은 날

너 왜 이렇게
예쁘거니 자꾸 내
눈에 걸리잖아
나한테 걸리잖아
- 김수안 짧은 시,
〈파리가 거미줄에 붙은날〉-

十想詩

누구든 가장 좋을 때 진실을 말한다

스스로

나는 나쁜년이야
나는 나쁜놈이야
한다면 아무리 좋아도
그만 만나라
- 김수안 짧은 시,
〈누구든 가장 좋을때 진실을 말한다〉 -

솔직해도 괜찮아

부러우면 지는게
아니라 그냥 부러운거다
부러울 땐 부러워하자

-김수안 짧은 시,
　〈 솔직해도 괜찮아 〉-

十想詩
* * *

무면허 사랑은 위험하다

느닷없이 내 마음
들이 받고 뺑소니 친
그대여 그대는 지금
어디에 있는가 보험처리도
안 되는 이 마음 아직도
입원중이네 아프고 또 아픈데
당신에게 모발 구속영장을
나는 쓰네 -김수안 짧은 시,
〈무면허 사랑은 위험하다〉-

운전면허 학과시험

내가 그렇게 쉽게 보이니
만만하게 보여? 우습니?
그럼 날 풀어봐 날 읽고
네 답을 내놔봐 너
하는 거 봐서 차태워줄게

－김수안 짧은 시,
〈운전면허 학과시험〉－

十想詩

가벼워져야 멀리 간다

너와 나의 관계도
네 백팩의 무게도
점점을 찍은 네 몸무게도

-김우안 짧은 시,
〈가벼워져야 멀리간다〉-

꽃을 든 남자

잘 듣고 있는지
맞는 걸 듣고 있는지
순수한 마음으로 듣고있는지
점검해봐야 한다
ㅡ김수안 짧은 시,
〈 꽃을 든 남자〉ㅡ

十想詩
* * *

당신도 예외일 수 없다

방귀 끝에 똥
나온다 잘 먹고
조금만 더 힘내
응원할게

　- 김수안 짧은 시,
　〈당신도 예외일 수 없다〉-

이별은 네 별

이별은 시간처럼
냉정하다 잡을수도
잡히지도 않는다

- 김수안 짧은 시,
〈이 별은 네 별〉-

十想詩
* * *

나 하나 희생하면 모두가 즐겁다

기쁨은 나누시고
슬픔은 몰아주세요

- 김수안 짧은 시,
〈나 하나 희생하면 모두가 즐겁다〉

살은 찌고 나이가 든다

먹고 싶은 것을
참아도
먹기 싫어 버텨도
-김수안 짧은 시,
〈살은 찌고 나이가 든다〉-

十想詩
* * *

있을 때 잘해

그럭저럭 사귀다간
연연이 이년된다

- 김수안 짧은 시,
  〈있을 때 잘해〉 -

홍, 칫

좋아서 좋아요 눌렀는데
왜 눌렀냐고 물으신다면
한 번 더 누를게요
그럼 됐나요?

ㅡ김수안 짧은 시, <흥, 칫>ㅡ

十想詩
· · ·

기다려봐, 꽃이 더 좋을 거야

넌 꽃을 좋아하더라
난 꽃보다 네가
더 좋은데
-김수안 짧은 시,
〈기다려봐 꽃이 더 좋을거야〉-

내 마음을 읽어줘

내 머릿속 도서관에
너란 책이 없어졌어
한 권 밖에 없었는데

- 김수안 짧은 시,
〈내 마음을 읽어줘〉-

十想詩

남자의 자격

썸남이 오빠 되고
오빠가 자기 되고
자기가 여보 되고
여보가 아빠 되고
아빠가 영감 되고
영감은 영영 간다
- 김수안 짧은 시, <남자의자격> -

조심해

벼는 익을수록
고개를 숙이는데
너무 숙이면
곧 걸린다

－김수안 짧은 시,
〈조심해〉－

十想詩

너 미워

바람불어 흔들리는게
아니야
네가 자꾸 움직이니까
바람이 부는거야

-김수안 짧은 시,
　〈너 미워〉-

네가 나보다 낫다

늦은 안부를
묻하지 말자
용기낸 그 사람이
무슨 잘못인가?

-김수안 짧은 시,
〈네가 나보다 낫다〉-

十想詩
* * *

내 마음 취급주의

지금 누군가를 사랑하고
있다면 지나간 사랑의
추억은 판도라 상자의
열쇠다 추억은 어쩌면
이별의 씨앗이다

-김수안 짧은 시,
　〈내 마음 취급주의〉-

디지털 사진

흔들리지 마
절대 흔들리지 마
영원히 지워버릴 거야

-김수안 짧은 시,
　〈디지털 사진〉-

생리

와도 걱정
안 와도 걱정
엄마도 그랬을거야

- 김수안 짧은 시, 〈생리〉-

당신도 알고 있는 이야기

쌀이 끓어야

밥이 된다

- 김수안 짧은 시,
  〈당신도 알고 있는 이야기〉 -

十想詩
* * *

3교시

어른탐구영역
詩

호기심 천국

총각은 치마속 사정
처녀는 지갑속 사정
유부는 이불속 사정이
궁금하다
-김수안 짧은 시,
〈호기심 천국〉-

十想詩
* * *

향수 좀 살살 뿌려

당신에게서
꽃 냄새가 나네요
당신 뱀은 아니죠?

-김수안 짧은 시,
〈향수 좀 살살 뿌려〉-

기말고사 성적표

우리 부모님은 성적만족을
못하신다 그런데
이번에는 달랐다
안 방에서 함께 나오시는
두분의 얼굴에 꽃이 폈다
－김수안 짧은 시,
〈기말고사 성적표〉－

十想詩

야동이 존재하는 이유

생각해봐 네가
직접 만난 사람보다
다운로드 받은 사람이
더 많을거야
- 김수안 짧은 시,
〈야동이 존재하는 이유〉-

천지연 폭포에서 즉석사진 찍는 경상도 아주머니

아저씨 잘 박아주이고
아저씨 물 나와요?
아저씨 물 잘 나오게
퍼뜩 박아주이고
아저씨 다리아파요
물 좀 시원하게 나오게
세 번만 박아주이소
- 김수안 짧은 시,
〈천지연 폭포에서 즉석사진 찍는 경상도 아주머니〉

좀 더 크면 알려줄게

빛 가운데 멋진
남자가 어둠 속에서
한 없이 작아지는
경우도 있다 보이는게
다가 아냐
- 김수안 짧은 시,
 <좀 더 크면 알려줄게>-

이것들아, 불 끄면 다 똑같아

우리 오빠 정우성 닮았다
넌 참 좋겠다
우리 오빠 머리숱 많은
구름 닮았는데 이젠
익숙해서 너무 좋아
-김수안 짧은 시,
<이것들아 불끄면 다 똑같아>-

十想詩

만성변비

人人 하고 싶은데

휴지마저 없다

-김수안 짧은 시,
〈만성 변비〉-

카톡단체방

오빠 껴줘 오빠
나도 좀 껴줘 오빠
내가 별로야? 잘 할게
그러니까 한 번만 껴줘

-김수안 짧은 시,
　〈카톡 단체방〉-

十想詩
* * *

특히 남자들

옛 말에 울어야
젖 준다고 했다
이 말 믿고 아무데서나
울면 뺨 맞는다
－김우안 짧은 시,
〈특히 남자들〉－

야구장과 클럽 사이

은밀히 유혹하면 감독
대놓고 유혹하면 코치
눈치보며 바쁘면 선수

- 김수안 짧은 시,
  〈 야구장과 클럽사이 〉-

十想詩

네가 생각한 그게 맞아

가늘고 긴 것 보다는

굵고 긴 것이 더 좋다고

채소가게 할매가 그랬다

- 김수안 짧은 시,
〈네가 생각한 그게 맞아〉-

이러니까 안 되는 거야

여자여 여 자
내 팔 베고 여 자
남자여 남자
어떻게든 꼬셔보게 남자
-김수안 짧은 시,
〈 이러니까 안되는 거야〉-

十想詩
* * *

바이러스

허락도 동의도 없이
내 안을 들락거리면서
달아오르게 하더니
땀 흘리게 하더니
신음 내게 하더니
한 눈 팔고 옮겨다니는
넌 난봉꾼이야

-김수안 짧은 시,〈바이러스〉-

사이좋게 지내고 붙어야 산다

부부 사이가 멀어지면
아내는 남편에게 너랑
안 해가 된다 남편은 남
편이 된다
- 김수안 짧은 시,
  〈사이좋게 지내고 붙어야 산다〉 -

十想詩
* * *

알겠니 C8

여자를 Cup으로 따지지
말 것이며 남자를 Cm로
따지지 말자 말 할때
욕을 쓰는지 상처주지 않는
단어를 쓰는지 그런걸 보자

-김수안 짧은 시,
　〈 알겠니 C8〉-

잘 자요 사랑해, 라고

우리 자기 전에
꼭 하자 네 번은
너무 많고 세 번만
찐하게 하고 자자

-김수안 짧은 시,
〈잘자요 사랑해 라고〉-

十想詩

가린다고 소용없어

우린 서로 보여주지 않지만
하나님은
우리의
중심을 보신다

-김수안 짧은 시,
〈가린다고 소용없어〉-

123

비누도 마르면 아프다

촉촉하게 젖어야만
당신을 받아들일 수
있어요
그대 손으로 녹여주세요
-김수안 짧은 시,
〈비누도 마르면 아프다〉-

안면윤곽술

그래 됐다
이만큼 고쳤으면
슬만 할거야
자전거도 아니고
ㅡ김수안 짧은 시,
＜ 안면윤곽술＞ㅡ

125

고맙다, 아줌마라 안 해서

그렇게 입으면
그렇게 말하면
그렇게 걸으면
아저씨 같잖아

-김수안 짧은 시,
〈고맙다 아줌마라 안해서〉-

十想詩

치맥이 좋아

새벽 2시
본능에 충실하면
몸이 커진다

-김수안 짧은 시,
〈 치맥이 좋아 〉-

하차벨

조심조심 다뤄줘요
누르면 소리치면서
붉게 달아오르고
곧 섭니다

—김수안 짧은 시,
〈하 차 벨〉—

十想詩

만취통화

사람이 그리웠니
사랑이 그리웠니
내가 그리웠니
그냥 한 번 하고 싶었니

- 김수안 짧은 시,
  〈만취통화〉 -

동물과 동심 사이

네 살이

그립다

-김수안 짧은 시,
 <동물과 동심사이>-

十想詩
* * *

개기일식

차에서 해 본적 있니?
차에서 선글라스 쓰고
해 본적 있어?
난 친구 커플하고 해봤는데
첫경험이였어

- 김수안 짧은 시, ⟨개기일식⟩ -

순하리 처음처럼

막걸리를 마셨더니
집에 가는 길이
막 걸리네

-김수안 짧은 시,
〈순하리 처음처럼〉-

十想詩
* * *

방광염

찌릿찌릿 짜릿짜릿
계속해서 달아올라
오늘밤도 후끈화끈
싸고나니 또싸고파
몇번이나 싸야할까
나올것도 없다만은
죽여주는 밤이구나
-김수안 짧은 시, <방광염>-

4교시

사회탐구영역 詩

서로 잘 몰라서 그래

적을 알고
나를 알면
싸울일이 없다

－김수안 짧은 시,
〈서로 잘 몰라서 그래〉－

十想詩
• • •

참아야 산다

출사표나 사표나
던지는 순간
인생이 흔들린다

- 김수안 짧은 시,
  〈 참아야 산다〉-

용감한 의료진들

지난밤 저승사자가
폭행당해 하늘병원으로
후송된 사실이 뒤늦게
밝혀졌다 당국은 폭행
가담자를 찾아내 포상
하기로 했다
　 ─ 김주안 짧은 시, 〈용감한 의료진들〉 ─

유비무환

CCTV가 나를
구해주지는 못하지만
범인을 잡거나 문제를
해결해야 하는 담당자를
구할 수는 있다
-김수안 짧은 시,
〈유비무환〉-

반값등록금 빨리 해라

빛이
빛의 속도로 늘면서
빛 나가버린 학창시절

-김수안 짧은 시,
〈반값등록금 빨리 해라〉-

그만 찾아, 작년에 네가 다 먹었어

아기돼지 5형제
음메음메 송아지
석촌호수 러버덕
마당을 나온 암탉 25마리
니모와 친구 30마리는
어디로 갔을까?
- 김수안 짧은 시,
〈그만 찾아 작년에 네가 다 먹었어〉-

그만 먹어

충주댐 소양강댐
화천댐도 말라 가는데
나는 왜 이럴까
-김수안 짧은 시,
〈그만 먹어〉-

十 想 詩

물가도 올랐는데 너무 짜다

보수가 너무 보수적이다
보수라도 진보해라

-김수안 짧은 시,
〈물가도 올랐는데 너무 짜다〉-

우리는 홍익은행 직원들

내 집은 네 집이고
네 집은 개 집이다

월세는 이자 되고
이자는 월급된다
- 김수안 짧은 시,
〈 우리는 홍익은행 직원들〉 -

十想詩

하루종일 귀찮다

자고로 인사는
만사라고 했는데
나는 아몰랑

- 김수안 짧은 시,
  〈하루종일 귀찮다〉-

출근

아직 신혼인데
그래도 30댄데
정말 하고 싶은데
잘 했었는데 하고싶어
미치겠는데 지금 당장
해야만 하는데 못 하면
죽을 것 같은데 너무 급한데
할 곳도, 할 데도 없다
-김수안 짧은 시, 〈출근〉-

十想詩
* * *

취업준비생

국가적으로 큰 일이
생겼다 우리는 두 손
들어 환영한다

－김수안 짧은 시,
〈취업준비생〉－

심각한 청년실업

0234456789

-감수안 짧은 시,
<심각한 청년실업>-

아프니까 환자다

솔로는 솔로 살고

솔로는 솔로 간다

속상한데 술이나 사

- 김수안 짧은 시,

〈아프니까 환자다〉-

너 택시 타고 어디까지 가 봤니

이번에또 나간다며
해외여행 자랑말자
자꾸자꾸 자랑하면
그 입 틀어 막을거다

–김수안 짧은시,
〈너 택시 타고 어디까지 가봤니〉–

十想詩

나는 택시기사다

누군지도 모르는데
날 보면서 손흔들어
깜짝놀라 세웠더니
번개처럼 올라타서
자기집에 가자한다
졸라밟아 도착하니
고맙다며 돈을주네
내리면서 안면몰수
또보자는 말은없네
- 김구안 짧은 시, <나는 택시기사다> -

이놈의 카드값

6.25 때 중공군도
이 보다는 적었다던데
내가 무슨 슈퍼히어로냐
막아도 막아도 끝이없게

-김수안 짧은 시,
〈 이놈의 카드값 〉~

十想詩

부장님 미워

하루 세 번 볼때마다
눌러짜서 던져놓고
안나오면 쥐어짜고
다썼다고 버릴거죠?
깔끔하게 해줬더니
내가 무슨 치약인가
-김수안 짧은 시,〈부장님 미워〉-

먹는 걸로 속이지 말자

분명 국산은 국산이다
김치는 중
소고기는 미
닭고기는 태

-김수안 짧은 시,
〈먹는 걸로 속이지 말자〉-

十想詩
* * *

구글은 알고 있다

네가 어디에서
와서 어디로 가는지
너는 아니?

-김수안 짧은 시,
<구글은 알고 있다>-

늦었다고 생각할 땐 다 끝난 거다

조심하는 게 좋을 것
같아 조심하자고
했더니 조심하자는
말을 조심히 하란다
- 김수안 짧은 시,
〈늦었다고 생각할 땐 다 끝난거다〉-

十想詩

메르스를 이겨내자

온 국민을
복면가왕으로
만들려나보다

－김수안 짧은 시,
〈메르스를 이겨내자〉－

155

원산지 표시제

똥이 더럽냐?
네게서 났으니
네 뱃 속은
어떠하겠냐?
-김수안 짧은 시,
〈원산지 표시제〉-

十想詩

몹쓸 지역감정

선거 하자 헷더니
선그어 하고 있다

-김수안 짧은 시,
〈몹쓸 지역감정〉-

GMO의 저주

콩 심은데 팥 나고
팥 심은데 콩 난다

-김수안 짧은 시,
\<GMO의 저주\>-

十想詩
* * *

101번째 이력서

퇴근은 출근 한
사람의 고유권한이다
퇴근하고 싶다

-김수안 짧은 시,
〈101번째 이력서〉-

보이스피싱 예방법

가는 말이 험해야
오는 말이 곱다

-겁수안 짧은 시,
〈보이스 피싱 예방법〉-

十想詩

신 산상수훈

신랑이 가난한
자는 복이 잇나니

- 김수안 짧은 시,
  〈신 산상수훈〉-

감사를 전하며

우선 인스타그램을 통해 십상시를 응원해주신 인친님들의 '좋아요' 덕분에 책이 나올 수 있었습니다. 인친님들, 감사합니다!

그리고 늘 관심과 배려로 성원해주신 지인 여러분에게도 감사의 말씀 전합니다.

호기심 많은 남편 만나 고정 직장이 없어 생기는 경제적 어려움을 겪으면서도 늘 응원해준 아내에게도 평생 사랑을 약속합니다. 그리고 양가 부모님과 세계 도처에서 열심히 살아가는 친지들께도 감사하는 마음으로 인사드립니다.

마지막으로 하늘에 계신 영원한 아버지 하나님께 영광 돌립니다.

2015. 8. 대한민국 서울에서